Poésies et Nouvelles (1840)

Sophie d' Arbouville

Amour de jeune fille

Ma mère, quel beau jour ! tout brille, tout rayonne.
Dans les airs, l'oiseau chante et l'insecte bourdonne ;
Les ruisseaux argentés roulent sur les cailloux,
Les fleurs donnent au ciel leur parfum le plus doux.
Le lis s'est entr'ouvert ; la goutte de rosée,
Sur les feuilles des bois par la nuit déposée,
S'enfuyant à l'aspect du soleil et du jour,
Chancelle et tombe enfin comme des pleurs d'amour.
Les fils blancs et légers de la vierge Marie,
Comme un voile d'argent, volent sur la prairie :
Frêle tissu, pour qui mon souffle est l'aquilon,
Et que brise en passant l'aile d'un papillon.
Sous le poids de ses fruits le grenadier se penche,
Dans l'air, un chant d'oiseau nous vient de chaque branche ;
Jusqu'au soir, dans les cieux, le soleil brillera :
Ce jour est un beau jour !... Oh ! bien sûr, il viendra !

Il viendra... mais pourquoi ?... Sait-il donc que je l'aime ?
Sait-il que je l'attends, que chaque jour de même,
— Que ce jour soit celui d'hier ou d'aujourd'hui —
J'espère sa présence et ne songe qu'à lui ?
Oh ! non ! il ne sait rien. Qu'aurait-il pu comprendre !...
Les battements du cœur se laissent-ils entendre ?
Les yeux qu'on tient baissés, ont-ils donc un regard ?
Un sourire, dit-il qu'on doit pleurer plus tard ?

Que sait-on des pensers cachés au fond de l'âme !
La douleur qu'on chérit, le bonheur que l'on blâme,
Au bal, qui les trahit ?... Des fleurs sont sur mon front,
À tout regard joyeux mon sourire répond ;
Je passe auprès de lui sans détourner la tête,
Sans ralentir mes pas.... et mon cœur seul s'arrête.
Mais qui peut voir le cœur ? qu'il soit amour ou fiel,
C'est un livre fermé, qui ne s'ouvre qu'au ciel !

Une fleur est perdue, au loin, dans la prairie,
Mais son parfum trahit sa présence et sa vie ;
L'herbe cache une source, et le chêne un roseau,
Mais la fraîcheur des bois révèle le ruisseau ;
Le long balancement d'un flexible feuillage
Nous dit bien s'il reçoit ou la brise ou l'orage ;
Le feu qu'ont étouffé des cendres sans couleur,
Se cachant à nos yeux, se sent par la chaleur ;
Pour revoir le soleil quand s'enfuit l'hirondelle,
Le pays qu'elle ignore est deviné par elle :
Tout se laisse trahir par l'odeur ou le son,
Tout se laisse entrevoir par l'ombre ou le rayon,
Et moi seule, ici-bas, dans la foule perdue,
J'ai passé près de lui sans qu'il m'ait entendue...
Mon amour est sans voix, sans parfum, sans couleur,
Et nul pressentiment n'a fait battre son cœur !

Ma mère, c'en est fait ! Le jour devient plus sombre ;
Aucun bruit, aucun pas, du soir ne trouble l'ombre.

Adieux à vous ! — à vous, ingrat sans le savoir !
Vous, coupable des pleurs que vous ne pouvez voir !
Pour la dernière fois, mon Ame déchirée
Rêva votre présence, hélas! tant désirée...
Plus jamais je n'attends. L'amour et l'abandon,
Du cœur que vous brisez les pleurs et le pardon,
Vous ignorerez tout !... Ainsi pour nous, un ange.

Invisible gardien, dans ce monde où tout change.
S'attache à notre vie et vole à nos côtés ;
Sous son voile divin nous sommes abrités,
Et jamais, cependant, on ne voit l'aile blanche
Qui, sur nos fronts baissés, ou s'entrouvre ou se penche.

Dans les salons, au bal, sans cesse, chaque soir,
En dansant près de vous, il me faudra vous voir ;
Et cependant, adieu... comme à mon premier rêve !
Tous deux, à votre insu, dans ce jour qui s'achève,
Nous nous serons quittés ! — Adieu, soyez heureux !...
Ma prière, pour vous, montera vers les Cieux :
Je leur demanderai qu'éloignant les orages,
Ils dirigent vos pas vers de riants rivages,
Que la brise jamais, devenant aquilon,
D'un nuage pour vous ne voile l'horizon ;
Que l'heure à votre gré semble rapide ou lente ;
Lorsque vous écoutez, que toujours l'oiseau chante ;
Lorsque vous regardez, que tout charme vos yeux,
Que le buisson soit vert, le soleil radieux ;
Que celle qui sera de votre cœur aimée,
Pour vous, d'un saint amour soit toujours animée !...
— Si parfois, étonné d'un aussi long bonheur,
Vous demandez à Dieu : « Mais pourquoi donc, Seigneur ? »
Il répondra peut-être : « Un cœur pour toi me prie...
Et sa part de bonheur, il la donne à ta vie ! »

Anxiété

Silence ! reprenons les travaux de mon âge.
Que le pinceau docile obéisse à mes doigts,
Des lieux que j'ai quittés qu'il retrace l'image,
Que ma harpe se mêle aux accents de ma voix ;
Sur un brillant tissu, que l'aiguille légère
Arrête les contours d'une fleur passagère.

Oh ! pourquoi, dédaignant ces faciles bonheurs,
Mon âme en murmurant s'envole-t-elle ailleurs ?
Tel mugit un torrent quand son onde écumante,
Dans un lit trop étroit, s'agite et se tourmente ;
Sur de noirs rochers, meurt un impuissant effort.
Et je me brise ainsi contre l'arrêt du sort !
Devant moi, sur la rive, il ferme la barrière,
Et mon âme est captive en son étroite sphère ;
Reculant dans la lutte entre elle et le destin,
Sous la main qui l'écrase elle ronge son frein !

Silence ! reprenons les travaux de mon âge.
Que le pinceau docile obéisse à mes doigts,
Des lieux que j'ai quittés qu'il retrace l'image ;
Que ma harpe se mêle aux accents de ma voix ;
Sur un brillant tissu, que l'aiguille légère
Arrête les contours d'une fleur passagère.

Qu'exiger de la vie ? A-t-elle un seul trésor,

Pour qui le pèserait comme on pèse de l'or ?
Sous la froide analyse et sous la main qui sonde,
S'évente le parfum des bonheurs de ce monde.
La nuit répand son deuil quand le soleil a lui ;
Le bonheur qui brillait se couche comme lui,
Et l'âme qui le sait, se sentant immortelle,
Ne voudrait que des biens qui durassent comme elle.
Elle cherche, formant vingt rêves tour à tour...
Le monde lui répond par ses bonheurs d'un jour !

Silence ! reprenons les travaux de mon âge.
Que le pinceau docile obéisse à mes doigts,
Des lieux que j'ai quittés qu'il retrace l'image ;
Que ma harpe se mêle aux accents de ma voix ;
Sur un brillant tissu, que l'aiguille légère
Arrête les contours d'une fleur passagère.

Mon âme, calme-toi, reprends un vol plus doux,
Et passe sous le joug d'un sort commun à tous.

Je crois

Pourquoi, du doux éclat des croyances du cœur
Vouloir éteindre en moi la dernière lueur ?
Pourquoi, lorsque la brise à l'aurore m'arrive,
Me dire de rester pleurante sur la rive ?
Pourquoi, lorsque des fleurs je veux chercher le miel,
Portez-vous à ma bouche et l'absinthe et le fiel ?

Pourquoi, si je souris au murmure de l'onde,
Dites-vous que plus loin c'est un torrent qui gronde ?
Pourquoi de nos saisons n'admettre que l'hiver,
Ou lorsque l'or reluit ne parler que du fer ?
Pourquoi, brisant la coupe où j'essaye de boire,
Enlever à mon cœur le doux bonheur de croire ;
Lui crier que, pour tous, tout s'altère ici-bas,
Que l'amour, par l'oubli ; se donne un prompt trépas ;
Qu'une idole adorée ou se brise ou se change,
Que tout commence au ciel et finit dans la fange !..

Vous que je nomme amis, vous qui serrez ma main,
Votre bouche me dit : « Rien n'arrive à demain. »
Vous parlez en riant et j'écoute avec larmes !
Vous brisez de mes jours les poétiques charmes.
À côté de la Foi, s'envolera l'Espoir...
Ces deux anges partis, le ciel sera bien noir !
Laissez-moi le soleil ; que son disque de flamme
Descende en longs rayons et réchauffe mon âme !

Vous qui doutez de tout, je lutte contre vous,
L'armure de mon cœur résiste sous vos coups.
De vos glaives cruels brisant la froide lame,
Radieuse d'espoir, vous échappe mon âme !
Loin des climats glacés l'instinct la guidera,
Et sans jeter ses fleurs, son vol se poursuivra.

Vous qui doutez de tout, niant votre blasphème,
Malgré vous, en ce jour, je crois même en vous-même !
Il est, à votre insu, dans le fond de vos cœurs,
Des parfums ignorés, des calices de fleurs
Qui, dans vos jours bruyants, n'ont pu fleurir encore,
Et qu'un soleil plus doux ferait peut-être éclore.

Oui, je crois au printemps, au matin, au réveil ;
À l'étoile, la nuit ; et le jour, au soleil.

Je crois que la chaleur vient souvent sans orage,
Qu'un arbre peut tomber avec son vert feuillage,
Que les fleurs de la terre ont encore du miel,
Qu'il est, à l'horizon, un peu d'azur au ciel !

Je crois aux nobles cœurs, je crois aux nobles âmes,
Chez qui l'amour du bien n'éteint jamais ses flammes ;
Je crois aux dévouements qui poursuivent leurs cours,
Vieillissant en disant ce mot béni : « Toujours. »

Je crois à l'Amitié, sœur aimante et fidèle,
Sur les flots en courroux suivant notre nacelle,
Debout à nos côtés quand frappe le destin...
Sommeillant à nos pieds quand le ciel est serein !

Puis je crois à l'Amour, merveilleuse harmonie
Dont le céleste chant suit le cours de la vie,
Amour que rien n'atteint, sainte et divine foi
Qui fait croire en un autre et surtout croire à soi !

D'un noble dévouement source vive et féconde,
Qui trouve trop étroits et la vie et le monde.

Je crois au Souvenir, au long regret du cœur,
Regret que l'on bénit comme un dernier bonheur,
Crépuscule d'amour, triste après la lumière...
Mais plus brillant encore que le jour de la terre !

Je crois à la Vertu, mais voilée ici-bas ;
C'est un ange cachant la trace de ses pas.
Sous ses voiles épais, Dieu seul sait qu'elle est belle,
Et vous la blasphémez, en passant auprès d'elle !

La terre sous nos pieds cache ses mines d'or :
Comme elle, croyez-moi, le cœur a son trésor,
Mais il faut le creuser ; souvent, à sa surface,
De ses veines d'or pur rien ne trahit la trace.

Oh ! croyez comme moi, que sur l'immense mer
Il est des bords lointains dont le feuillage est vert ;
Cherchez-les, et ramez vers ces heureux rivages...
Tendez la voile au vent, saisissez les cordages ;
Debout au gouvernail, portez au loin vos yeux,
Prenez pour votre guide une étoile des cieux !
Ne courbez pas vos fronts pour sonder les abîmes,
Mais levez les regards pour découvrir les cimes.
Marchez, marchez toujours, et quand viendra la mort,
En regardant les cieux, amis, croyez encore !

Je me tais et je pleure

*À Madame *** qui demandait des vers pour son album.*

Les vers n'arrivent pas au gré de mon désir,
L'heure du feu sacré ne saurait se choisir.
Dites-vous au bouton qu'il devienne une rose,
À l'oiseau dans son nid que sa couvée éclose ?
Pourquoi me dire à moi : « Prends ton luth pour chanter ? »
Les feuilles loin du vent ne sauraient s'agiter ;
Et comme elles j'attends, immobile et timide,
Qu'une brise du ciel, dans sa course rapide,
Vienne douce et suave, inclinant les buissons,
Comme aux feuilles des bois m'arracher quelques sons.

Ne forcez point mes chants, je n'ai vu que l'aurore ;
Pour moi, si Dieu le veut, le jour est long encore !
Doux espoir ou regret, amertume ou plaisir,
Indécise en son vol, mon âme veut choisir ;
Elle parcourt la vie, effleurant chaque chose ;
Elle espère et soupire, et sur rien ne se pose.
Ainsi l'on voit l'abeille, active en son labeur,
S'agitant dans les airs, chercher longtemps la fleur,
Qui, livrant ses trésors à son aile légère,
Lui permet de porter son doux miel à la terre.
Mais hélas ! nul calice, entr'ouvert à ma voix,
Ne veut, dans ses parfums, laisser baigner mes doigts;

Je m'arrête, interdite au seuil de ma demeure :
En vain je veux chanter... je me tais et je pleure !

12

La fille de l'hôtesse

« Du vin ! Nous sommes trois ; du vin, allons, du vin !
Hôtesse ! nous voulons chanter jusqu'au matin.
As-tu toujours ta vigne et ta fille jolie ?
L'amour, le vin, voilà les seuls biens de la vie.

— Entrez, seigneurs, entrez.... le vent est froid, la nuit.
Ma vigne donne un vin qui brûle et réjouit ;
Le soleil a mûri les raisins qu'elle porte,
Mon vin est clair et bon : buvez !... Ma fille est morte !

— Morte ? — Depuis un jour. — Morte, la belle enfant !
Laisse-nous la revoir. Plus de vin, plus de chant !
Que ta lampe un instant éclaire son visage ;
Chapeau bas, nous dirons la prière d'usage. »

Et les passants criaient : « Du vin, allons, du vin !
Hôtesse ! nous voulons chanter jusqu'au matin.
As-tu toujours ta vigne et ta fille jolie ?
L'amour, le vin, voilà les seuls biens de la vie. »

Le premier voyageur s'inclina près du lit,
Écartant les rideaux, à demi-voix il dit :
« Belle enfant, maintenant glacée, inanimée,
Pourquoi mourir si tôt ? Moi, je t'aurais aimée ! »

Et l'on disait en bas : « Du vin, allons, du vin !

Hôtesse ! nous voulons chanter jusqu'au matin.
As-tu toujours ta vigne et ta fille jolie ?
L'amour, le vin, voilà les seuls biens de la vie. »

Le second voyageur s'inclina près du lit,
Et fermant les rideaux, à demi-voix il dit :
« Moi, je t'aimais, enfant ; j'aurais été fidèle
Adieu donc pour toujours, à toi qui fus si belle ! »

Et l'on disait en bas : « Du vin, allons, du vin !
Hôtesse ! nous voulons chanter jusqu'au matin.
As-tu toujours ta vigne et ta fille jolie ?
L'amour, le vin, voilà les seuls biens de la vie. »

Le dernier voyageur s'inclina près du lit ;
Baisant ce front de marbre, à demi-voix il dit :
« Je t'aimais et je t'aime, enfant si tôt enfuie !
Je n'aimerai que toi jusqu'au soir de ma vie. »

Et l'on disait en bas : « Du vin, allons, du vin !
Hôtesse ! nous voulons chanter jusqu'au matin.
As-tu toujours ta vigne et ta fille jolie ?
L'amour, le vin, voilà les seuls biens de la vie. »

Et la mère à genoux disait, mais sans pleurer :
« Un cœur pur en ces lieux ne pouvait demeurer ;
Un bon ange veillait sur ma fille innocente...
Elle pleurait ici, dans le ciel elle chante ! »

Et l'on disait en bas : « Du vin, allons, du vin !
Hôtesse ! nous voulons chanter jusqu'au matin.
As-tu toujours ta vigne et ta fille jolie ?
L'amour, le vin, voilà les seuls biens de la vie.

— Entrez, seigneurs, entrez ! le vent est froid, la nuit.
Ma vigne donne un vin qui brûle et réjouit ;

Le soleil a mûri les raisins qu'elle porte,
Mon vin est clair et bon ; buvez !... Ma fille est morte !

15

La Gitana

Élégie

J'ai mendié seize ans le pain de chaque jour,
Ce pain noir, accordé, refusé tour à tour ;
Je bois l'eau du torrent, je couche sur la terre ;
Sur le bord d'un chemin j'ai vu mourir ma mère !
Et seule désormais, au loin portant mes pas,
Je souris à la foule et je pleure tout bas.

Je poursuis en tous lieux ma course vagabonde,
Avançant au hasard, je traverse le monde.
— C'est que, dans l'univers, nul pays n'est le mien ;
C'est que j'erre ici-bas, sans amis, sans lien.
Dieu me déshérita dans le commun partage
Des biens qu'il donne à tous pour les jours du voyage ;
Je n'ai reçu du ciel, depuis mes jeunes ans,
Que ma place au soleil, comme la fleur des champs !
Pour nous deux au printemps s'arrêtera la vie,
L'hiver est loin encore... et je tombe flétrie !

Dans ma peuplade errante on citait ma beauté,
Mais pour moi, parmi vous, nul cœur n'a palpité ;
Aux yeux des hommes blancs, je ne puis être belle :
Je ressemble à la nuit, je suis sombre comme elle.
Mon âme est à jamais vouée à la douleur,
Et je n'ai des heureux pas même la couleur !...
Si j'ose quelquefois approcher de leur fête,

C'est qu'aux pieds des passants je viens courber ma tête,
Je viens tendre vers eux une tremblante main ;
Je demande le soir le pain du lendemain,
Et quand, sur les pavés, une légère aumône
Retentit en glissant de la main qui la donne,
Je pars — sûre du moins d'un jour pour avenir !
Puis, lorsqu'à l'horizon la lune va venir,
Comme l'oiseau courbant sa tête sous son aile,
J'attends auprès de lui l'heure où son chant m'appelle.
Si de ma vie, hélas ! je remonte le cours,
Pas un seul souvenir ne marque un de mes jours...

Qu'ai-je dit ! — Au milieu des ennuis que je pleure,
Le passé m'a laissé le souvenir... d'une heure !
Triste et rapide éclair d'un seul instant d'espoir,
Qui laissait en fuyant le ciel encor plus noir.
J'aimai !... croyant l'amour une divine aumône,
Que Dieu réserve à ceux que le monde abandonne !

C'était un soir, je crois, que passant par hasard,
Il arrêta sur moi son triste et doux regard.
« Ce ciel brûlant, » dit-il, « annonce la tempête ;
« Va chercher, jeune fille, un abri pour ta tête. »
Sa main en se baissant s'approcha de mes mains...
Et je ne souffris plus des maux qu'il avait plaints !
— Depuis lors, chaque jour, j'allais, sur son passage,
Attendre son regard. À ce muet langage
Tout mon cœur répondait, et ce cœur isolé
Se trouvait, d'un sourire, heureux et consolé !
Je fuyais devant lui ; pour mon sort plein d'alarmes,
Je craignais son argent, ne voulant que ses larmes.
Sans doute, il l'a compris ; par un léger effort,
Un jour, il prit ma main sans y laisser de l'or !
Il la serra. — Voilà, pour le cours de ma vie,
La somme de bonheur que Dieu m'a répartie.

Un soir, près d'une femme, il marchait, parlait bas ;
J'attendis son regard.... son regard ne vint pas !...

J'ai repris, depuis lors, ma course monotone ;
Mais le sol est jonché des feuilles de l'automne ;
Comme elles, m'inclinant sous le souffle de l'air,
Sur l'herbe du coteau, je tombe avant l'hiver !

La grand-mère

Romance

Dansez, fillettes du village,
Chantez vos doux refrains d'amour :
Trop vite, hélas ! un ciel d'orage
Vient obscurcir le plus beau jour.

En vous voyant, je me rappelle
Et mes plaisirs et mes succès ;
Comme vous, j'étais jeune et belle,
Et, comme vous, je le savais.
Soudain ma blonde chevelure
Me montra quelques cheveux blancs...
J'ai vu, comme dans la nature,
L'hiver succéder au printemps.

Dansez, fillettes du village,
Chantez vos doux refrains d'amour ;
Trop vite, hélas ! un ciel d'orage
Vient obscurcir le plus beau jour.

Naïve et sans expérience,
D'amour je crus les doux serments,
Et j'aimais avec confiance...
On croit au bonheur à quinze ans !
Une fleur, par Julien cueillie,

Était le gage de sa foi ;
Mais, avant qu'elle fût flétrie,
L'ingrat ne pensait plus à moi !

Dansez, fillettes du Village,
Chantez vos doux refrains d'amour ;
Trop vite, hélas ! un ciel d'orage
Vient obscurcir le plus beau jour.

À vingt ans, un ami fidèle
Adoucit mon premier chagrin ;
J'étais triste, mais j'étais belle,
Il m'offrit son cœur et sa main.
Trop tôt pour nous vint la vieillesse ;
Nous nous aimions, nous étions vieux...
La mort rompit notre tendresse...
Mon ami fut le plus heureux !

Dansez, fillettes du village,
Chantez vos doux refrains d'amour ;
Trop vite, hélas ! un ciel d'orage
Vient obscurcir le plus beau jour.

Pour moi, n'arrêtez pas la danse ;
Le ciel est pur, je suis au port,
Aux bruyants plaisirs de l'enfance
La grand-mère sourit encor.
Que cette larme que j'efface
N'attriste pas vos jeunes cœurs :
Le soleil brille sur la glace,
L'hiver conserve quelques fleurs.

Dansez, fillettes du village,
Chantez vos doux refrains d'amour,
Et, sous un ciel exempt d'orage,
Embellissez mon dernier jour !

La mémoire

Eh bien ! que fais-tu donc, ô Mémoire infidèle ?
Tu ne sais plus ces vers, poésie immortelle,
Consacrés par la gloire et redits en tous lieux !
Ces sublimes accents au rythme harmonieux,
Où d'un poète aimé le génie étincelle,
Mémoire, que fuis-tu, si tu ne les retiens ?
                    Je me souviens !
Mais, passant à travers les grands bruits de la terre,
        Qui doit se souvenir, hélas ! a trop à faire.
    Contre moi, chaque jour, combat l'oubli jaloux :
    Je ne puis tout garder, et je choisis pour vous.
    Du rayon qui donna la plus fraîche lumière,
        D'un suave parfum, de sons éoliens,
                Je me souviens.

        Souvent, abandonnant au burin de l'histoire,
        Tout ce qui tient en main le sceptre de la gloire,
        Je laisse à tout hasard, au loin, errer mes pas,
    Dans des sentiers obscurs où l'on chante tout bas.
    Plus attentive alors, moi, pauvre humble Mémoire,
        D'espoirs, de doux pensers, rêves aériens,
                Je me souviens.
Si parfois un ami, triste et rempli d'alarme,
    Vient chercher près de vous quelque espoir qui le charme ;
    Sa main dans votre main, quand s'entr'ouvre son cœur,
    — Le cœur, qui sait si bien parler de la douleur ! —

Du mal de votre ami, d'un regard, d'une larme,
De tout ce qui s'échappe en vos longs entretiens,
Je me souviens.
À tout ce qui gémit et pleure dans la vie,
Je prête, en cheminant, une oreille attendrie ;
J'écoute mieux encor ceux qui ne parlent plus,
Les amis d'autrefois au tombeau descendus :
Je fais revivre en moi l'âme qui s'est enfuie ;
Des nœuds qui sont rompus rattachant les liens,
Je me souviens !
Assez d'autres sans moi garderont souvenance
De ces vers tant aimés ; qu'importe mon silence !
Quand la gloire a parlé, mes soins sont superflus.
— C'est bien ! je suis contente, et ne veux rien de plus
Si, n'oubliant jamais ni bonheur ni souffrance,
Lorsque je vois s'enfuir les plus chers de mes biens,
Tu te souviens !

L'ange de poésie et la jeune femme

L'ANGE DE POÉSIE.

Éveille-toi, ma sœur, je passe près de toi !
De mon sceptre divin tu vas subir la loi ;
Sur toi, du feu sacré tombent les étincelles,
Je caresse ton front de l'azur de mes ailes.
À tes doigts incertains, j'offre ma lyre d'or,
Que ton âme s'éveille et prenne son essor !...

Le printemps n'a qu'un jour, tout passe ou tout s'altère ;
Hâte-toi de cueillir les roses de la terre,
Et chantant les parfums dont s'enivrent tes sens,
Offre tes vers au ciel comme on offre l'encens !
Chante, ma jeune sœur, chante ta belle aurore,
Et révèle ton nom au monde qui l'ignore.

LA JEUNE FEMME.

Grâce !.. éloigne de moi ton souffle inspirateur !
Ne presse pas ainsi ta lyre sur mon cœur !
Dans mon humble foyer, laisse-moi le silence ;
La femme qui rougit a besoin d'ignorance.
Le laurier du poète exige trop d'effort...
J'aime le voile épais dont s'obscurcit mon sort.
Mes jours doivent glisser sur l'océan du monde,
Sans que leur cours léger laisse un sillon sur l'onde ;

Ma voix ne doit chanter que dans le sein des bois,
Sans que l'écho répète un seul son de ma voix.

L'ANGE DE POÉSIE.

Je t'appelle, ma sœur, la résistance est vaine.
Des fleurs de ma couronne, avec art je t'enchaîne :
Tu te débats en vain sous leurs flexibles nœuds.
D'un souffle dévorant j'agite tes cheveux,
Je caresse ton front de ma brûlante haleine !

Mon cœur bat sur ton cœur, ma main saisit la tienne ;
Je t'ouvre le saint temple où chantent les élus...
Le pacte est consommé, je ne te quitte plus !
Dans les vallons lointains suivant ta rêverie,
Je prêterai ma voix aux fleurs de la prairie ;
Elles murmureront : « Chante, chante la fleur
Qui ne vit qu'un seul jour pour vivre sans douleur. »
Tu m'entendras encor dans la brise incertaine
Qui dirige la barque en sa course lointaine ;
Son souffle redira : « Chante le ciel serein ;
Qu'il garde son azur, le salut du marin ! »
J'animerai l'oiseau caché sous le feuillage,
Et le flot écumant qui se brise au rivage ;
L'encens remplira l'air que tu respireras...
Et soumise à mes lois, ma sœur, tu chanteras !

LA JEUNE FEMME.

J'écouterai ta voix, ta divine harmonie,
Et tes rêves d'amour, de gloire et de génie ;
Mon âme frémira comme à l'aspect des cieux...
Des larmes de bonheur brilleront dans mes yeux.
Mais de ce saint délire, ignoré de la terre,
Laisse-moi dans mon cœur conserver le mystère ;

Sous tes longs voiles blancs, cache mon jeune front ;
C'est à toi seul, ami, que mon âme répond !
Et si, dans mon transport, m'échappe une parole,
Ne la redis qu'au Dieu qui comprend et console.
Le talent se soumet au monde, à ses décrets,
Mais un cœur attristé lui cache ses secrets ;

Qu'aurait-il à donner à la foule légère,
Qui veut qu'avec esprit on souffre pour lui plaire ?
Ma faible lyre a peur de l'éclat et du bruit,
Et comme Philomèle, elle chante la nuit.
Adieu donc ! laisse-moi ma douce rêverie,
Reprends ton vol léger vers ta belle patrie !

L'ange reste près d'elle, il sourit à ses pleurs,
Et resserre les nœuds de ses chaînes de fleurs ;
Arrachant une plume à son aile azurée,
Il la met dans la main qui s'était retirée.
En vain elle résiste, il triomphe... il sourit...
Laissant couler ses pleurs, la jeune femme écrit.

La Sérénade

Mère, quel doux chant me réveille ?
Minuit ! c'est l'heure où l'on sommeille.
Qui peut, pour moi, venir si tard
Veiller et chanter à l'écart ?

Dors, mon enfant, dors ! c'est un rêve.
En silence la nuit s'achève,
Mon front repose auprès du tien,
Je l'embrasse et je n'entends rien.
Nul ne donne de sérénade
À toi, ma pauvre enfant malade !

Ô mère ! ils descendent des cieux,
Ces sons, ces chants harmonieux ;
Nulle voix d'homme n'est si belle,
Et c'est un ange qui m'appelle !
Le soleil brille, il m'éblouit...
Adieu, ma mère, bonne nuit !

Le lendemain, quand vint l'aurore,
La blanche enfant dormait encore ;
Sa mère l'appelle en pleurant,
Nul baiser n'éveille l'enfant...
Son âme s'était envolée
Quand les chants l'avaient appelée.

Le chant du cygne

Cygnes au blanc plumage, au port majestueux,
Est-il vrai, dites-moi, qu'un chant harmonieux,
De vos jours écoulés rompant le long silence,
Lorsque va se briser votre frêle existence,
Comme un cri de bonheur s'élève vers les cieux ?

Quand sous votre aile, un soir, votre long col se ploie
Pour le dernier sommeil... d'où vous vient cette joie ?
De vos jours rien ne rompt l'indolente douceur :
Lorsque tout va finir, cet hymne de bonheur,
Comme à des cœurs brisés, quel penser vous l'envoie ?

Ô cygnes de nos lacs ! votre destin est doux ;
De votre sort heureux chacun serait jaloux.
Vous voguez lentement de l'une à l'autre rive,
Vous suivez les détours de l'onde fugitive :
Que ne puis-je en ces flots m'élancer avec vous !

Moi, sous l'ardent soleil, je demeure au rivage...
Pour vous, l'onde s'entr'ouvre et vous livre passage ;
Votre col gracieux, dans les eaux se plongeant,
Fait jaillir sur le lac mille perles d'argent
Qui laissent leur rosée à votre blanc plumage ;

Et les saules pleureurs, ondoyants, agités,
— Alors que vous passez, par le flot emportés —

D'un rameau caressant, doucement vous effleurent
Sur votre aile qui fuit quelques feuilles demeurent,
Ainsi qu'un souvenir d'amis qu'on a quittés.

Puis le soir, abordant à la rive odorante
Où fleurit à l'écart le muguet ou la menthe,
Sur un lit de gazon vous reposez, bercés
Par la brise des nuits, par les bruits cadencés
Des saules, des roseaux, de l'onde murmurante.

Oh ! pourquoi donc chanter un chant mélodieux
Quand s'arrête le cours de vos jours trop heureux ?
Pleurez plutôt, pleurez vos nuits au doux silence,
Les étoiles, les fleurs, votre fraîche existence ;
Pourquoi fêter la mort ?... vous êtes toujours deux !

C'est à nous de chanter quand vient l'heure suprême,
Nous, tristes pèlerins, dont la jeunesse même
Ne sait pas découvrir un verdoyant sentier,
Dont le bonheur s'effeuille ainsi que l'églantier ;
Nous, si tôt oubliés de l'ami qui nous aime !

C'est à nous de garder pour un jour à venir,
Tristes comme un adieu, doux comme un souvenir,
Des trésors d'harmonie inconnus à la terre,
Qui ne s'exhaleront qu'à notre heure dernière.
Pour qui souffre ici-bas, il est doux de mourir !

Ô cygnes ! laissez donc ce cri de délivrance
À nos cœurs oppressés de muette souffrance ;
La vie est un chemin où l'on cache ses pleurs...
Celui qui les comprend est plus loin, est ailleurs.
À nous les chants !... la mort, n'est-ce pas l'espérance ?

L'enfant qui priait

Eh quoi ! prier déjà.... tu bégayes encore ;
De la vie, ici-bas, tu n'as vu que l'aurore ;
Pour loi, le beau printemps n'est venu que deux fois ;
À peine connaît-on le doux son de ta voix.
Et cependant, docile aux leçons d'une mère,
Tu bégayes déjà quelques mots de prière !
Oh ! laisse la prière au cœur des malheureux,
Et toi, petit enfant, va reprendre tes jeux !

Pourvu qu'à ton réveil, s'échappant de sa cage,
L'oiseau qui te connaît commence son ramage,
Qu'il reste près de toi ; que d'un bouquet nouveau,
Ta mère, en souriant, vienne orner ton berceau ;
Pourvu que vers le soir, sa voix mélodieuse
T'endorme doucement, ou que, silencieuse,
Elle ébranle ta couche, et d'un léger effort,
En longs balancements t'endorme mieux encor :
C'est là tout le bonheur de ta paisible enfance.
Et comment prierais-tu ? tu n'as pas d'espérance !
À ton âge charmant, l'existence est un jour,
Où le rire et les pleurs s'effacent tour à tour.

Plus tard, petit enfant, poursuivant ton voyage,
Ton cœur s'agitera du trouble du jeune âge ;
Tu sentiras alors les charmes enivrants
De nos illusions, rêves purs et charmants.

Un doux espoir, ainsi qu'une ombre fugitive,
Apparaîtra soudain à ton âme naïve,
Te faisant pressentir l'amour et le bonheur...
Alors, il sera temps de prier le Seigneur !

À genoux devant lui, plein de foi, d'espérance,
On dit tout sans parler ; — Dieu comprend le silence.
Ô mon Dieu ! que l'on aime à vous prier longtemps,
Lorsqu'on veut être heureux et que l'on a seize ans !

Car, hélas ! jeune enfant, pendant le long voyage,
Nous n'avons pas toujours un beau ciel sans nuage ;
Le limpide ruisseau qui s'en va murmurant,
Se change bien souvent en horrible torrent,
Et l'aquilon, soufflant sur la barque légère,
Vient la briser, le soir, aux écueils de la terre.
Va jouer, bel enfant !... il te faudra plus tard
Souffrir ainsi que nous : ta vie aura sa part !
Tu verras fuir l'espoir qui venait de paraître ;
Un jour, on t'aimera..., l'on t'oubliera peut-être !...
Ah ! qu'ai-je dit, enfant ? —Suspends, suspends tes jeux
Joins tes petites mains, et regarde les cieux.

Le passé

Oh ! comment retenir cet ange qui s'enfuit ?
Comme il est sombre et pâle ! il ressemble à la nuit.
Comme il s'envole vite !... et de ma main tremblante
S'échappe malgré moi son aile impatiente.
« Reste encore ! il me semble, ange au triste regard,
Qu'avec toi, de mes jours fuit la meilleure part !
Quel est ton nom ? réponds.

— Tu dis vrai, je suis triste ;
Et pourtant, à mes lois jamais rien ne résiste ;
Je dépouille en passant les arbres de leur fleur,
L'âme, de son espoir, le cœur, de son bonheur ;
Je prends tous les trésors, jamais rien ne m'arrête ;
Je ne vois pas les pleurs... je détourne la tête.
Sur mon nom, interroge un cœur que j'ai blessé :
« Hélas ! s'écrira-t-il, c'est l'ange du passé ! »

— Le Passé !! devant toi mon âme est sans prière,
Et je lâche ta main froide comme la pierre.
Contre toi, tout effort demeure superflu...
De mes biens les plus chers, ange, qu'emportes-tu ?

J'emporte loin de toi l'heureuse insouciance
Dont le calme est si doux qu'on dirait l'espérance ;
J'emporte la gaîté, ce bonheur sans motif
Qui répand à l'entour son parfum fugitif ;

J'emporte ces doux chants, rêves de poésie,
Enivrant en secret l'âme qu'ils ont choisie ;
J'emporte ta jeunesse et ton joyeux espoir
Se brisant le matin pour renaître le soir ;
J'emporte ces pensers, qui, dans la solitude,
Donnent un but qu'on aime aux efforts de l'étude ;
J'emporte les bonheurs qui jadis te charmaient,
Car j'emporte avec moi tous les cœurs qui t'aimaient.

— Qu'ai-je fait pour les perdre ?

— Hélas ! rien... mais j'appelle ;
Nul à mes volontés ne peut être rebelle.
Et ne savais-tu pas qu'incertain en son cours,
Tout bonheur doit passer... peut-être en quelques jours !
Que tel est le pouvoir qui gouverne la terre :
Une joie, un regret ; l'ombre après la lumière.
Quand j'ai dit : C'est assez ! en vain on crie : « Encor ! »
Je veux ceux qui l'aimaient... j'emporte mon trésor !

— Oh ! rends-moi quelque instant, ou d'espoir, ou de doute !
Et puis, me dépouillant, tu poursuivras ta route.

— Je ne puis.
         — Mais alors, pour mes jours à venir,
         Que me laisses-tu donc, mon Dieu !

                    — Le souvenir.

Le Poète

ODE.

(Couronnée aux jeux floraux.)

Des longs ennuis du jour quand le soir me délivre,
Poète aux chants divins, j'ouvre en rêvant ton livre,
Je me recueille en toi, dans l'ombre et loin du bruit ;
De ton monde idéal, j'ose aborder la rive :
Tes chants que je répète, à mon âme attentive
Semblent plus purs la nuit !
Mais qu'il reste caché, ce trouble de mon âme,
De moi rien ne t'émeut, ni louange, ni blâme.
Quelques hivers à peine ont passé sur mon front...
Et qu'importe à ta muse, en tous lieux adorée,
Qu'au sein de ses foyers une femme ignorée
S'attendrisse à ton nom !
Qui te dira qu'aux sons de ta lyre sublime,
À ses accords divins, ma jeune âme s'anime,
Laissant couler ensemble et ses vers et ses pleurs ?
Quand près de moi ta muse un instant s'est posée,
Je chante.... ainsi le ciel, en versant sa rosée,
Entr'ouvre quelques fleurs.
Poètes ! votre sort est bien digne d'envie.
Le Dieu qui nous créa vous fit une autre vie,
L'horizon ne sert point de limite à vos yeux,
D'un univers plus grand vous sondez le mystère,
Et quand, pauvres mortels, nous vivons sur la terre,
Vous vivez dans les cieux !

Et si, vous éloignant des voûtes éternelles,
Vous descendez vers nous pour reposer vos ailes,
Notre monde à vos yeux se dévoile plus pur ;
L'hiver garde des fleurs, les bois un vert feuillage,
La rose son parfum, les oiseaux leur ramage,
Et le ciel son azur.
Si Dieu, vous révélant les maux de l'existence,
Au milieu de vos chants fait naître la souffrance,
Votre âme, en sa douleur poursuivant son essor,
Comme au temps des beaux jours vibre dans ses alarmes ;
Le monde s'aperçoit, quand vous montrez vos larmes,
Que vous chantez encor !
Le malheur se soumet aux formes du génie,
En passant par votre âme, il devient harmonie.
Votre plainte s'exhale en sons mélodieux.
L'ouragan qui, la nuit, rugit et se déchaîne,
S'il rencontre en son cours la harpe éolienne,
Devient harmonieux.

Moi, sur mes jeunes ans j'ai vu gronder l'orage,
Le printemps fut sans fleurs, et l'été, sans ombrage ;
Aucun ange du ciel n'a regardé mes pleurs.
Que ne puis-je, changeant l'absinthe en ambroisie,
Comme vous, aux accords d'un chant de poésie
Endormir mes douleurs !
À notre âme, ici-bas , il n'est rien qui réponde ;
Poètes inspirés, montrez-nous votre monde !
À ce vaste désert, venez nous arracher.
Pour le divin banquet votre table se dresse...
Oh ! laissez, de la coupe où vous puisez l'ivresse,
Mes lèvres s'approcher !
Oui, penchez jusqu'à moi votre main que j'implore ;
Votre coupe est trop loin, baissez, baissez encore !...
Répandez dans mes vers l'encens inspirateur.
Pour monter jusqu'à vous, mon pied tremble et chancelle...
Poètes ! descendez, et portez sur votre aile

Une timide sœur !

35

L'erreur

Ma sœur, écoute-moi ! je vais t'ouvrir mon cœur...
Mais détourne un instant ton regard scrutateur ;
Pour mes quinze printemps, ne sois pas trop sévère !
Tu promis de m'aimer à notre vieille mère.
Un ange aux blonds cheveux déjà te doit le jour :
Étends aussi sur moi l'aile de ton amour !

Si de la vie, à peine, il voit la première heure,
Moi, je suis faible aussi, je me trouble et je pleure.
Dans ce monde joyeux où j'avance en tremblant,
Comme des pas d'enfant, mon pas est chancelant.
Tu cherches à sonder les replis de mon âme,
Tu crois me deviner et ton regard me blâme ;
Ne crains rien si parfois je soupire tout bas...
Je t'assure, ma sœur, que je ne l'aime pas !

L'amour, c'est le bonheur, doux, riant comme un rêve,
Et dans les pleurs pour moi le jour vient et s'achève.
Jadis, j'aimais le monde et ses plaisirs bruyants,
Et devant mon miroir je m'arrêtais longtemps ;
J'aimais le blanc tissu de ma robe légère,
Et de mes fleurs du soir la fraîcheur mensongère ;
J'aimais, d'un bal brillant la lumière et le bruit,
Et ce choix d'un instant qu'aucun regret ne suit :
Mais, au lieu du bonheur qu'on dit que l'amour donne,
À des pensers amers mon âme s'abandonne...

Ne crains rien si parfois je soupire tout bas,
Car tu vois bien, ma sœur, que je ne l'aime pas !

De celui que l'on aime on chérit la présence,
On bénit le moment qui fait cesser l'absence ;
On se plaint loin de lui de la longueur du jour,
On veut presser le temps pour hâter son retour.
Lorsque j'entends la voix ou les pas de mon frère,
Je souris, et je cours pour le voir la première ;
Mais quand c'est lui... ma sœur, je frémis malgré moi...
Sa présence me trouble et me glace d'effroi !
Lorsque j'entends ses pas, tremblante, je m'arrête,
Et pour fuir son regard, je détourne la tête.
Ne crains rien si parfois je soupire tout bas,
Car tu vois bien, ma sœur, que je ne l'aime pas !

Quand je vois le bonheur briller sur ton visage,
Je bénis le Seigneur qui chasse au loin l'orage,
Mes yeux suivent tes yeux, je souris comme toi ;
J'aime quand ton cœur aime, et je crois de ta foi ;
Je confonds doucement mon âme avec la tienne,
Je veux que ton bonheur, comme à toi, m'appartienne.
Mais, comme lui, ma sœur, jamais je ne sens rien ;
Sa gaîté me fait mal, ses pleurs me font du bien.
Lorsque j'entends louer les traits de son visage,
Je voudrais qu'il fût laid et je pleure de rage !
Lorsqu'il part pour le bal, mon cœur, cruel pour lui,
Voudrait qu'il n'y trouvât que tristesse et qu'ennui ;
Je hais tous ses amis, je m'afflige qu'on l'aime,
Je voudrais l'isoler, l'éloigner de toi-même...
Ne crains rien si parfois je soupire tout bas,
Car tu vois bien, ma sœur, que je ne l'aime pas !

L'étoile qui file

Petite étoile, au sein des vastes cieux,
Toi que suivaient et mon cœur et mes yeux,
Toi dont j'aimais la lumière timide,
Où t'en vas-tu dans ta course rapide ?
Ah ! j'espérais que, dans ce ciel d'azur,
Du moins pour toi le repos était sûr.
Pourquoi t'enfuir, mon étoile chérie ?
Pourquoi quitter le ciel de ma patrie ?

Mon cœur connut le bonheur et l'amour :
Amour, bonheur, tout n'a duré qu'un jour.
Près d'un ami, je cherchai l'espérance...
Et mon ami m'oublia dans l'absence !
Le cœur brisé, j'aimais encor les fleurs,
Quand je les vis se faner sous mes pleurs ;
Au ciel alors, pour n'être plus trahie,
J'avais aimé.... l'étoile qui m'oublie !

Adieux à toi, belle étoile du soir !
Adieux à toi, toi, mon dernier espoir !...
Errante au ciel comme moi sur la terre,
En d'autres lieux va briller ta lumière.
Rien n'est constant pour moi que la douleur,
Rien ici-bas n'a voulu de mon cœur ;
Autour de moi, tout est sombre et se voile,
Et tout me fuit... même au ciel, une étoile !

L'hirondelle

Ô petite hirondelle
   Qui bats de l'aile,
Et viens contre mon mur,
   Comme abri sûr,
Bâtir d'un bec agile
   Un nid fragile,
Dis-moi, pour vivre ainsi
   Sans nul souci,
Comment fait l'hirondelle
   Qui bat de l'aile ?
Moi, sous le même toit, je trouve tour à tour
Trop prompt, trop long, le temps que peut durer un jour.
J'ai l'heure des regrets et l'heure du sourire,
J'ai des rêves divers que je ne puis redire ;
Et, roseau qui se courbe aux caprices du vent,
L'esprit calme ou troublé, je marche en hésitant.
Mais, du chemin je prends moins la fleur que l'épine,
Mon front se lève moins, hélas ! qu'il ne s'incline ;
Mon cœur, pesant la vie à des poids différents,
Souffre plus des hivers qu'il ne rit des printemps.
Ô petite hirondelle
   Qui bats de l'aile,
Et viens contre mon mur,
   Comme abri sûr,
Bâtir d'un bec agile
   Un nid fragile,

Dis-moi, pour vivre ainsi
    Sans nul souci,
Comment fait l'hirondelle
    Qui bat de l'aile ?
J'évoque du passé le lointain souvenir ;
Aux jours qui ne sont plus je voudrais revenir.
De mes bonheurs enfuis, il me semble au jeune âge
N'avoir pas à loisir savouré le passage,
Car la jeunesse croit qu'elle est un long trésor,
Et, si l'on a reçu, l'on attend plus encor.
L'avenir nous paraît l'espérance éternelle,
Promettant, et restant aux promesses fidèle ;
On gaspille des biens que l'on rêve sans fin...
Mais, qu'on voudrait, le soir, revenir au matin !
Ô petite hirondelle
    Qui bats de l'aile,
Et viens contre mon mur,
    Comme abri sûr,
Bâtir d'un bec agile
    Un nid fragile,
Dis-moi, pour vivre ainsi
    Sans nul souci,
Comment fait l'hirondelle
    Qui bat de l'aile ?
De mes jours les plus doux je crains le lendemain,
Je pose sur mes yeux une tremblante main.
L'avenir est pour nous un mensonge, un mystère ;
N'y jetons pas trop tôt un regard téméraire.
Quand le soleil est pur, sur les épis fauchés
Dormons, et reposons longtemps nos fronts penchés ;
Et ne demandons pas si les moissons futures
Auront des champs féconds, des gerbes aussi mûres.
Bornons notre horizon.... Mais l'esprit insoumis
Repousse et rompt le frein que lui-même avait mis.
Ô petite hirondelle
    Qui bats de l'aile,

Et viens contre mon mur,
   Comme abri sûr,
Bâtir d'un bec agile
   Un nid fragile,
Dis-moi, pour vivre ainsi
   Sans nul souci,
Comment fait l'hirondelle
   Qui bat de l'aile ?
Souvent de mes amis j'imagine l'oubli :
C'est le soir, au printemps, quand le jour affaibli
Jette l'ombre en mon cœur ainsi que sur la terre ;
Emportant avec lui l'espoir et la lumière ;
Rêveuse, je me dis : « Pourquoi m'aimeraient-ils ?
De nos affections les invisibles fils
Se brisent chaque jour au moindre vent qui passe,
Comme on voit que la brise enlève au loin et casse
Ces fils blancs de la Vierge, errants au sein des cieux ;
Tout amour sur la terre est incertain comme eux ! »
Ô petite hirondelle
   Qui bats de l'aile,
Et viens contre mon mur,
   Comme abri sûr,
Bâtir d'un bec agile
   Un nid fragile,
Dis-moi, pour vivre ainsi
   Sans nul souci,
Comment fait l'hirondelle
   Qui bat de l'aile ?
C'est que, petit oiseau, tu voles loin de nous ;
L'air qu'on respire au ciel est plus pur et plus doux.
Ce n'est qu'avec regret que ton aile légère,
Lorsque les cieux sont noirs, vient effleurer la terre.
Ah ! que ne pouvons-nous, te suivant dans ton vol,
Oubliant que nos pieds sont attachés au sol,
Élever notre cœur vers la voûte éternelle,
Y chercher le printemps comme fait l'hirondelle,

Détourner nos regards d'un monde malheureux,
Et, vivant ici-bas, donner notre âme aux cieux !
Ô petite hirondelle
    Qui bats de l'aile,
Et viens contre mon mur,
    Comme abri sûr,
Bâtir d'un bec agile
    Un nid fragile,
Dis-moi, pour vivre ainsi
    Sans nul souci,
Comment fait l'hirondelle
    Qui bat de l'aile ?

Ne m'aimez pas

Ne m'aimez pas !... Je veux pouvoir prier pour vous,
Comme pour les amis dont le soir, à genoux,
Je me souviens — afin qu'éloignant la tempête,
Dieu leur donne un ciel pur pour abriter leur tête.

Je veux, de vos bonheurs, prendre tout haut ma part,
Le front calme et serein, sans craindre aucun regard ;
Je veux, quand vous entrez, vous donner un sourire,
Trouver doux de vous voir, en osant vous le dire.

Je veux, si vous souffrez, partageant vos destins,
Vous dire : « Qu'avez-vous ? » et vous tendre les mains.
Je veux, si par hasard votre raison chancelle,
Vous réserver l'appui de l'amitié fidèle,
Et qu'entraîné par moi dans le sentier du bien,
Votre pas soit guidé par la trace du mien.

Je veux, si je me blesse aux buissons de la route,
Vous chercher du regard, et sans crainte, sans doute,
Murmurer à voix basse : « Ami, protégez-moi ! »
Et prenant votre bras, m'y pencher sans effroi.

Je veux qu'en nos vieux jours, au déclin de la vie,
Nous détournant pour voir la route... alors finie,
Nos yeux, en parcourant le long sillon tracé,
Ne trouvent nul remords dans les champs du passé.

Laissez les sentiments qu'on brise ou qu'on oublie ;
Gardons notre amitié, que ce soit pour la vie !
Votre sœur, chaque jour, vous suivra pas à pas...
Oh ! je vous en conjure, ami, ne m'aimez pas !

Pétition d'une fleur

À une dame châtelaine.
(Pour la construction d'une serre.)
Pauvre fleur, qu'un rayon du soleil fit éclore,
Pauvre fleur, dont les jours n'ont qu'une courte aurore,
Il me faut, au printemps, le soleil du bon Dieu,
Et quand l'hiver arrive, un asile et du feu.
On m'a dit — j'en frémis ! — qu'au foyer de la serre
Je n'aurai plus ma place, et mourrai sur la terre
Au jour où l'hirondelle, en fuyant les frimas,
Vole vers les pays où l'hiver ne vient pas.
Et moi, qui de l'oiseau n'ai pas l'aile légère,
Sur toi, contre le froid, j'avais compté, ma mère !
Pourquoi m'abandonner ? Pauvre petite fleur,
Ne t'ai-je pas offert l'éclat de ma couleur,
Mon suave parfum, jusqu'aux jours de l'automne ?
Ne t'ai-je pas donné ce que le ciel me donne ?

Si tu savais, ma mère, il est dans ce vallon,
Non loin de ton domaine, un jeune papillon
Qui versera des pleurs, et mourra de sa peine,
En ne me voyant plus à la saison prochaine.
Des sucs des autres fleurs ne voulant se nourrir,
Fidèle à son amie, il lui faudra mourir !...
Puis une abeille aussi, sur mon destin, s'alarme :
Sur ses ailes j'ai vu briller plus d'une larme ;
Elle m'aime, et m'a dit que jamais, sous le ciel,

Jeune fleur dans son sein n'avait eu plus doux miel.
Souvent une fourmi, contre le vent d'orage,
Vient chercher vers le soir l'abri de mon feuillage.
Te parlerai-je aussi de l'insecte filant,
Qui, sur mes verts rameaux s'avançant d'un pas lent,
De son réseau léger appuyé sur ma tige,
À tout ce qui dans l'air ou bourdonne ou voltige,
Tend un piège adroit, laborieux labeur
Que ta main va détruire en détruisant ma fleur ?
Et puis, quand vient la nuit, un petit ver qui brille
Me choisit chaque soir, et son feu qui scintille,
Lorsque mes sœurs n'ont plus pour elles que l'odeur,
Me permet de montrer l'éclat de ma couleur.

Tu vois, je suis aimée ! et cette heureuse vie,
Me serait, à l'hiver, par tes ordres ravie ?...
C'est ton or qui m'a fait quitter mon beau pays,
Où, des froids ouragans je n'avais nuls soucis ;
Aussi je pleurais bien au moment du voyage...
— L'exil est un malheur qu'on comprend à tout âge !
Mais une vieille fleur, estimée en tous lieux,
M'a dit qu'auprès de toi mon sort serait heureux ;
Qu'elle avait souvenir, jusques en sa vieillesse,
D'avoir fleuri pour toi du temps de sa jeunesse ;
Qu'aussitôt qu'on te voit, t'aimer est un devoir,
Qu'aimer paraît bien doux quand on vient de te voir ;
Que tu n'as pas un cœur qui trompe l'espérance,
Que les amis te sont plus chers dans la souffrance,
Et que petite fleur, flétrie et sans odeur,
Trouverait à l'hiver pitié pour son malheur ;
Que tout ce qui gémit, s'incline, souffre et pleure,
Cherche, sans se tromper, secours dans ta demeure ;
Que, tes soins maternels éloignant les autans,
Auprès de toi toujours on se croit au printemps !

Allons, construis pour nous une heureuse retraite,

Et Dieu te bénira... car c'est lui qui m'a faite,
Et simple fleur des champs, quoique bien loin des cieux,
Comme le chêne altier, trouve place à ses yeux.

Séparation

I

Le ciel est calme et pur, la terre lui ressemble ;
Elle offre avec orgueil au soleil radieux
L'essaim tourbillonnant de ses enfants heureux.
Dans les parvis sacrés, la foule se rassemble.
Ô vous.... qui vous aimez et qui restez ensemble !
Vous qui pouvez encor prier en souriant,
Un mot à Dieu pour ceux qui pleurent en priant,
Vous qui restez ensemble !
Soleil ! du voyageur, toi, le divin secours,
En tous lieux brilles-tu comme au ciel de la France ?
N'as-tu pas en secret, parfois, de préférence,
Comme un cœur a souvent de secrètes amours ?
Ou, pour tous les pays, as-tu donc de beaux jours ?
Oh ! d'un rayon ami, protège le voyage !
Sur le triste exilé qui fuit loin du rivage,
Soleil, brille toujours !
Brise de nos printemps, qui courbes chaque branche,
Dont le souffle léger vient caresser les fleurs
Et s'imprègne en passant de leurs fraîches odeurs !
Au loin, du faible esquif qui s'incline et se penche,
Enfles-tu doucement l'humide voile blanche ?
Brise, sois douce et bonne au vaisseau qui s'enfuit ;
Comme un ange gardien, surveille jour et nuit
L'humide voile blanche.
Mer, dont l'immensité se dérobe à mes yeux !

Arrête la fureur de ta vague écumante,
Étouffe l'ouragan dont la voix se lamente,
Endors tes flots profonds, sombre miroir des cieux.
Que ton onde sommeille à l'heure des adieux ;
Renferme dans ton sein le vent de la tempête,
Et reçois mon ami, comme un ami qu'on fête,
À l'heure des adieux.

Mais pourquoi de la mer implorer la clémence,
Quand l'univers entier obéit au Seigneur ?
C'est lui qu'il faut prier quand se brise le cœur,
Quand sur nos fronts pâlis vient planer la souffrance,
Quand, pour nos yeux en pleurs, ton aurore commence,
Ô toi, de tous nos jours le jour le plus affreux,
— Que l'on achève seul, que l'on commence à deux
Premier jour de l'absence !
Mais n'est-il pas, mon Dieu ! dans tes divins séjours,
Un ange qui protège à l'ombre de ses ailes
Tous les amours bénis par tes mains paternelles :
Le bon ange, ô mon Dieu, des fidèles amours !
Il s'attriste aux départs et sourit aux retours,
Il rend au pèlerin la route plus unie ;
Oh ! veille donc sur lui, toi qui m'as tant bénie,
Bon ange des amours !
Le ciel est calme et pur, la terre lui ressemble ;
Elle offre avec orgueil au soleil radieux
L'essaim tourbillonnant de ses enfants heureux ;
Dans les parvis sacrés, la foule se rassemble.
Ô vous qui vous aimez et qui restez ensemble,
Vous qui pouvez encor prier en souriant,
Un mot à Dieu pour ceux qui pleurent en priant,
Vous qui restez ensemble !

II

Voici l'heure du bal ; allez, hâtez vos pas !
De ces fleurs sans parfums couronnez votre tête ;
Allez danser ! mon cœur ne vous enviera pas.

Il est dans le silence aussi des jours de fête,
Et des chants intérieurs que vous n'entendez pas !...

Oh ! laissez-moi rêver, ne plaignez pas mes larmes !
Si souvent, dans le monde, on rit sans être heureux,
Que pleurer d'un regret est parfois plein de charmes,
Et vaut mieux qu'un bonheur qui ment à tous les yeux.

Je connais du plaisir le beau masque hypocrite,
La voix au timbre faux, et le rire trompeur
Que vos pleurs en secret vont remplacer bien vite,
Comme un fer retiré des blessures du cœur !

Pour moi, du moins, les pleurs n'ont pas besoin de voile ;
Sur mon front, ma douleur — comme au ciel, une étoile !

Béni sois-tu, Seigneur, qui vers de saints amours,
Toi-même, pour mon cœur, fraya la douce pente,
Comme en des champs fleuris, de l'onde murmurante
La main du laboureur sait diriger le cours !

Oh ! laissez-moi rêver loin du bal qui s'apprête ;
De ces fleurs sans parfums couronnez votre tête,
Allez danser ! mon cœur ne vous enviera pas.
Il est dans le silence aussi des jours de fête,
Et des chants intérieurs que vous n'entendez pas.

Oui, laissez-moi rêver, pour garder souvenance
Du dernier mot d'adieu qui précéda l'absence ;
Laissez vibrer en moi, dans l'ombre et loin du bruit,
Ce triste et doux écho qui me reste de lui !

Plus tard, on me verra me mêler à la foule ;
Mais dans son noir chaos où notre âme s'endort,
Où notre esprit s'éteint, — c'est un bonheur encor
D'espérer au delà de l'heure qui s'écoule,

D'attendre un jour parmi tous les jours à venir,
De marcher grave et triste au milieu de la foule,
Au front, une pensée ; au cœur, un souvenir !

III

Tu me fuis, belle Étoile, Étoile du retour !
Toi, que mon cœur brisé cherchait avec amour,
Tu quittes l'horizon qu'obscurcit un nuage,
Tu disparais du ciel, tu fuis devant l'orage.
Depuis deux ans, pourtant, partout je te cherchais !
Les yeux fixés sur toi, j'espérais... je marchais.
Comme un phare brillant d'une lumière amie,
De ton espoir lointain, s'illuminait ma vie ;
J'avançais à ton jour, tu m'indiquais le port ;
Pour arriver vers toi, je redoublais d'effort.
De chacun de mes pas je comptais la distance,
Je disais : « C'est une heure ôtée à la souffrance ;
C'est une heure de moins, entre ce sombre jour
Et le jour radieux qui verra son retour ! »

Étoile d'espérance, appui d'une pauvre âme,
Pourquoi lui ravis-tu ta lumineuse flamme ?
Mon vol s'est arrêté dans ces obscurs déserts,
Mon aile vainement s'agite dans les airs ;
La nuit règne partout. — Sans lumière et sans guide,
En vain, vers l'Orient, de mon regard avide
J'appelle le soleil, qui chaque jour y luit...
Le soleil ne doit pas se lever aujourd'hui !
J'attends, et tour à tour ou je tremble ou j'espère.
Le vent souffle du ciel ou souffle de la terre ;
Il m'emporte à son gré dans son cours tortueux :
Ainsi, tourbillonnant, une feuille légère
Passe d'un noir ravin au calme azur des cieux.

Comme aux buissons l'agneau laisse un peu de sa laine,

Mon âme fatiguée, en sa course incertaine,
À force de douleurs perd l'espoir et la foi,
Et ne sait plus, mon Dieu, lever les yeux vers toi.
Étoile du retour, dissipe les orages !
Toi que j'ai tant priée, écarte les nuages !
Reviens à l'horizon me rendre le bonheur,
Et, du ciel où tu luis à côté du Seigneur,
Fais descendre, le soir, un rayon d'espérance
Sur les cœurs pleins d'amour que déchire l'absence !

Sur les paroles d'un croyant

1835

Seigneur ! vous êtes bien le Dieu de la puissance.
Que deviennent sans vous ces hommes qu'on encense ?
Si d'un souffle divin vous animez leur front,
Ils montent jusqu'aux cieux, en saisissant leur lyre !
Votre souffle s'écarte... ils tombent en délire
Dans des gouffres sans fond
Pourquoi, Dieu créateur, détruisant votre ouvrage,
Du chêne encor debout dessécher le feuillage ?
Magnifique, il planait entre le ciel et nous ;
Sa grandeur expliquait la grandeur infinie,
Il servait de degrés à mon faible génie
Pour monter jusqu'à vous.
Le plus beau de vos dons est la mâle éloquence,
Qui soumet, par un mot, un monde à sa puissance ;
Sceptre, devant lequel tout fléchit et se tait.
Mais le Dieu juste et bon, des talents qu'il nous donne
Demande compte, et dit au pécheur qui s'étonne :
« Ingrat, qu'en as-tu fait ? »
Et toi, prêtre du Dieu qui bénit la chaumière,
Qui dit à l'étranger : « L'étranger est ton frère,
« Nourris-le s'il a faim, couvre-le s'il est nu ; »
Du Dieu qui ne voulut qu'un sanglant diadème,
Qui laissa sur la terre un agneau pour emblème ;
Prêtre ! que réponds-tu ?
Tu souris dans tes chants à l'orage qui gronde ;

Son tonnerre lointain fait frissonner le monde :
Il s'ébranle.... et l'espoir illumine ton front.
Baissant à ton niveau le Dieu de l'Évangile,
Ta voix dans les clameurs de la guerre civile,
Ose lancer son nom !
Quand de ce noir chaos s'élève un cri d'alarme,
Pour courir au combat, chacun saisit son arme :
Sur la mer, le vaisseau laisse un sillon de feu ;
Dans nos camps, les canons vomissent la mitraille,
Le vieux soldat saisit son sabre de bataille...
Et toi, tu prends ton Dieu !
Arrête ! Dieu résiste à ton bras téméraire ;
Son temple s'est ému ; des voûtes de Saint-Pierre,
Des portiques de Rome, un cri s'est échappé...
Tandis qu'avec orgueil tu chantais ta victoire,
De ta tête tombait l'auréole de gloire ;
La foudre t'a frappé !
Sur les trônes, ta voix a lancé l'anathème ;
Elle a dit, de nos rois souillant le diadème :
« Que leur coupe est un crâne où ruisselle le sang. »
Va ! ne mets pas de frein à ta bouche parjure ;
Les rois n'ont pas de mots pour répondre à l'injure,
C'est Dieu qui les défend !
Quoi ! les rois sont maudits par la bouche d'un prêtre !
Interprète de Dieu, c'est par ce Dieu, ton maître,
Qu'au trône d'Israël Saül fut appelé :
« Voici l'Oint du Seigneur ! » dit-il à son prophète,
Qu'Israël obéisse ! il est roi ; sur sa tête,
L'huile sainte a coulé. »
Oh ! rends-nous, Lamennais, le printemps de ta vie,
Ces chants que répétait ma jeune âme ravie ;
Mon cœur ne s'émeut plus aux accents de ta voix ;
De ton noble flambeau s'éteignit la lumière,
Et je pleure, à genoux, dans mon humble prière,
Ta gloire d'autrefois !
Puis, je vais demander au pasteur du village,

Comment on sert le Dieu, qui, détournant l'orage,
Protège dans les champs la gerbe qui mûrit ;
Qui donne au laboureur, de ses mains paternelles,
Le pain de la journée, ainsi qu'aux tourterelles
Le grain qui les nourrit.
Mon âme se repose en la douce parole
Du ministre d'un Dieu qui soutient et console.
Rougis, Esprit brillant, toi qui souffles sur nous,
Au nom du Dieu de paix, le trouble et le carnage ;
Voici les mots sacrés du pasteur du village :
« Mes frères, aimez-vous ! »

Tristesse

Bonheur si doux de mon enfance,
Bonheur plus doux de mon printemps,
Je n'ai plus que la souvenance
De vos courts et joyeux instants.

Triste, sur la rive étrangère,
Je rêve à mon lointain pays,
Et des pleurs mouillent ma paupière
Au souvenir de mes amis.

L'exil a flétri ma jeunesse,
Éteinte en regrets superflus ;
Je gémis et ma main délaisse
La lyre qui ne vibre plus !

Loin du ciel qui la vit éclore,
La fleur sur sa tige languit ;
Et pour chanter quand vient l'aurore,
L'oiseau reste près de son nid.

D'aucun espoir de souvenance
Mon pauvre cœur n'est animé ;
Je sais tous les maux de l'absence...
Il faut rester pour être aimé !

Elle fut trop longue, la vie

Qui voit s'éteindre un souvenir !
Avant d'apprendre qu'on oublie,
La mort ne peut-elle venir ?

Au matin du pèlerinage,
Les amis vous tendent la main ;
Le soir, quand finit le voyage,
Seul, on achève son chemin.

Ma vie, hélas ! commence à peine :
Loin de moi, que de cœurs ont fui !
Un seul sur la terre m'enchaîne,
Je vis et je chante pour lui.

Mais souvent des larmes furtives
Troublent les accents de ma voix ;
Ma lyre a des cordes plaintives,
Où viennent s'arrêter mes doigts.

La voix qui parle d'espérance
Reste muette pour mon cœur,
Mais quand apparaît la souffrance,
Je l'accueille comme une sœur.

Ah ! s'il existe dans ce monde
Des êtres voués aux douleurs,
Qui naissent quand l'orage gronde,
Et ne moissonnent que des pleurs ;

Ne serait-ce point qu'un dieu sage,
De leur mort ayant le secret,
Voulut qu'au printemps de leur âge
Ils s'envolassent sans regret !

Une course au Champs de Mars

Volez, nobles coursiers, franchissez la distance !
Pour le prix disputé, luttez avec constance !
Sous un soleil de feu, le sol est éclatant ;
Pour vous voir aujourd'hui, tout est bruit et lumière ;
Ainsi qu'un flot d'encens, la légère poussière,
Devant vos pas, s'envole au but qui vous attend.
Que l'air rapide et vif, soulevant vos poitrines,
S'échappe palpitant de vos larges narines !
Laissez sous l'éperon votre flanc s'entr'ouvrir...
Volez, nobles coursiers, dussiez-vous en mourir !

Au milieu des bravos, votre course s'achève ;
Le silence revient — puis, je pense et je rêve...
Notre vie est l'arène où se hâtent nos pas ;
Nous volons vers le but que l'on ne connaît pas.
Fatigués, épuisés, prêts à tomber, qu'importe !
Nous marchons à grands pas, le torrent nous emporte.
Oubliant le passé, repoussant le présent,
Nos regards inquiets se portent en avant ;
Rien n'est beau que plus loin... et notre flanc palpite,
Sous l'éperon caché qui nous dit : « Marche vite ! »
Nous marchons. — Quelquefois, à travers les déserts,
Une oasis répand ses parfums dans les airs,
Un doux chant retentit sur le bord de la route :

L'oasis, on la fuit ; le chant, nul ne l'écoute.

Sans garder du chemin regret ou souvenir,
D'un avide regard, on cherche l'avenir ;
L'avenir, c'est le but ! l'avenir, c'est la vie !
Bientôt, à notre gré, la distance est franchie ;
Haletants de la course, épuisés de l'effort,
Nous touchons l'avenir... L'avenir, c'est la mort !

Qu'ai-je dit ? — Ô mon Dieu ! toi qui m'entends, pardonne !...
L'avenir, c'est le ciel, où ton soleil rayonne
Sans que la nuit succède à l'éclat d'un beau jour,
Sans que l'oubli succède aux paroles d'amour !
L'avenir, c'est le ciel où s'arrête l'orage !
C'est le port qui reçoit les débris du naufrage ;
C'est la fin des regrets ; c'est l'éternel printemps ;
C'est l'ange dont la voix a de divins accents.
L'avenir, ô mon Dieu ! c'est la sainte auréole
Que pose sur nos fronts ta main qui nous console.
Oui, marchons ! et vers toi levant souvent les yeux,
Avançons vers le but que nous montrent les cieux.

Chut ! voici le signal, franchissez la distance.
Volez, nobles coursiers, luttez avec constance !
Sous un soleil de feu, le sol est éclatant ;
Pour vous voir aujourd'hui, tout est bruit et lumière ;
Ainsi qu'un flot d'encens, la légère poussière,
Devant vos pas, s'envole au but qui vous attend.
Que l'air rapide et vif, soulevant vos poitrines,
S'échappe palpitant de vos larges narines !
Laissez sous l'éperon votre flanc s'entr'ouvrir...
Volez, nobles coursiers, dussiez-vous en mourir !

Une croix sur le bord d'un chemin

Sur le bord du chemin, que j'aime à voir l'oiseau,
Fuyant le nid léger que balance l'ormeau,
Prendre le grain qu'il porte à sa couvée éclose,
Les premiers jours de mai, quand s'entr'ouvre la rose.

Sur le bord du chemin, que j'aime l'églantier,
De pétales dorés parsemant le sentier,
Disant que l'hiver fuit avec neige et froidure,
Qu'un sourire d'avril ramène la verdure.

Sur le bord du chemin, que j'aime à voir les fleurs
Dont les hommes n'ont pas combiné les couleurs ;
Les fleurs des malheureux, qu'aux malheureux Dieu donne,
Du Dieu qui songe à tous, aimable et sainte aumône.

Sur le bord du chemin, que j'aime le ruisseau,
Qui, sous le nénuphar, sous l'aulne et le roseau,
Me cache ses détours, mais qui murmure et chante,
S'emparant en fuyant de ma pensée errante.

Sur le bord du chemin, que j'aime le berger,
Son vieux chien vigilant, son chalumeau léger ;
La cloche du troupeau, triste comme une plainte,
Qui s'arrête parfois, puis qui s'ébranle et tinte.

Sur le bord du chemin, que j'aime mieux encor

La simple croix de bois, sans sculpture, sans or ;
À ses pieds, une fleur humide de rosée,
Par l'humble laboureur, humblement déposée.

Sur le bord du chemin, la fleur se fanera,
Les troupeaux partiront, le ruisseau tarira ;
Tout se flétrit et meurt, quand s'enfuit l'hirondelle ;
Mais la croix restera saintement immortelle !

Sur le bord du chemin, tout varie en son cours,
Le ciel seul, à notre âme, osa dire : Toujours !
Et quand nos cœurs brisés s'agitent dans le doute,
Qu'il est bon de trouver une croix sur la route !

Sur le bord du chemin, les paroles d'amour,
Murmure harmonieux qui ne dure qu'un jour,
S'en vont avec le vent, aussi légère chose
Qu'un chant d'oiseau dans l'air ou qu'un parfum de rose.

Sur le bord du chemin, on tombe avant le soir,
Les pieds tout déchirés et le cœur sans espoir ;
Pèlerin fatigué que poursuivit l'orage,
On s'assied sur la route à moitié du voyage.

Sur le bord du chemin, ô croix ! reste pour moi !
Mes yeux ont moins de pleurs en se levant vers toi.
Tu me montres le but ; une voix qui console,
Dans le fond de mon cœur, semble être ta parole :

« Sur le bord du chemin, si ton cœur affaibli
Souffre d'isolement, de mécompte et d'oubli,
Ô pauvre ami blessé qui caches ta souffrance,
Viens t'asseoir à mes pieds, car je suis l'espérance ! »

Sur le bord du chemin, ainsi parle la croix,
Consolant les bergers et consolant les rois,

Offrant à tout passant son appui tutélaire...
Car tout cœur qui palpite a souffert sur la terre !

Une voix du ciel

Je suis l'astre des nuits. Je brille, pâle et blanche,
Sur la feuille qui tremble au sommet d'une branche,
Sur le ruisseau qui dort, sur les lacs, bien plus beaux
Quand mes voiles d'argent s'étendent sur leurs eaux.
Mes rayons vont chercher les fleurs que je préfère,
Et font monter au ciel les parfums de la terre ;
Je donne la rosée au rameau desséché,
Que l'ardeur du soleil a, sur le sol, penché.
Sitôt que je parais, tout se tait et repose,
L'homme quitte les champs, et l'abeille la rose :
Plus de bruit dans les airs, plus de chant dans les bois ;
Devant mon doux regard nul n'élève sa voix,
De la terre ou du ciel aucun son ne s'élance,
J'arrive avec la nuit, et je règne en silence !
Je cache mes rayons quand le cri des hiboux
Vient troubler mon repos et mon calme si doux.

Je suis l'astre des nuits ; je brille, pâle et blanche,
Sur le cœur attristé, sur le front qui se penche,
Sur tout ce qui gémit, sur tout ce qui se plaint,
Sur tous les yeux en pleurs qu'aucun sommeil n'atteint.

Quelques heureux, parfois, me donnent un sourire,
S'aiment, et devant moi trouvent doux de le dire ;
J'écoute avec bonheur leurs longs serments d'amour,
Je leur promets tout bas de n'en rien dire au jour.

Mais les plus beaux rayons de mon blanc diadème
Sont pour vous qui souffrez !... C'est vous surtout que j'aime
Donnez-moi vos soupirs et donnez-moi vos pleurs ;
Laissez-moi deviner vos secrètes douleurs,
Le rêve inachevé qui n'a point de parole,
Que nul ne sut jamais et que nul ne console !
J'ai pour les cœurs brisés, ainsi que pour les fleurs,
Une fraîche rosée endormant les douleurs.
Écoutez-moi ce soir, vous saurez un mystère
Ignoré jusqu'ici du reste de la terre,
Secret que je révèle à ceux de mes élus,
Qui m'ont le plus aimée et qui rêvent le plus.

Je vous dirai pourquoi je brille, pâle et blanche,
Sur le cœur attristé, sur le front qui se penche,
Sur tout ce qui gémit, sur tout ce qui se plaint,
Sur tous les yeux en pleurs qu'aucun sommeil n'atteint.

Votre vie, ici-bas, est un triste voyage,
Dont le ciel, où je suis, est le port, le rivage ;
Elle a bien des écueils, la route où vous passez...
Et vous n'arrivez pas sans vous être blessés !
Vous n'abordez pas tous sur la céleste plage,
Ceux qui se sont souillés demeurent à l'écart ;
Coupables et souffrants, dans une morne attente,
Ils s'arrêtent au seuil du séjour où l'on chante.
Un ange, dont les pleurs voilent le doux regard,
Leur barre le chemin et murmure : « Plus tard ! »
— Parmi ces exilés traînant au loin leur chaîne,
Parmi les longs sanglots de ces âmes en peine,
Errantes loin de Dieu, du soleil et du jour,
Moi, je prends en pitié les coupables d'amour.
J'appelle auprès de moi ces Âmes de la terre,
Qu'un Dieu juste éloigna du séjour de lumière,
Parce qu'en sa présence elles gardaient encor
Un souvenir d'amour, au delà de leur mort.

Je leur donne ma nuit, mes rayons, mes étoiles,
Je donne à leur exil l'abri de mes longs voiles,
Et les larmes, le soir, qui coulent de leurs yeux,
Semblent à vos regards des étoiles des cieux ;
Ce ne sont que des pleurs... des pleurs d'âmes souffrantes,
Qui, la nuit, dans l'espace avec moi sont errantes.

Vous, encor sur la terre où s'agitent vos cœurs,
Levez les yeux vers moi ! j'ai près de moi vos sœurs.
Oh ! veillez bien sur vous... et priez bien pour elles !
Entendez-vous leurs pleurs ? car si mes nuits sont belles,
Pourtant Dieu n'est pas là ! le seul repos, c'est Lui...
Il fait jour près de Dieu, — je ne suis que la nuit !

Je vous ai dit pourquoi je brille pâle et blanche
Sur le cœur attristé, sur le front qui se penche,
Sur tout ce qui gémit, sur tout ce qui se plaint,
Sur tous les yeux en pleurs qu'aucun sommeil n'atteint.

Un jour d'absence

Quand l'horloge a sonné le moment du départ,
Aucune larme, ami, n'a voilé ton regard !
Tu m'as pressé la main... j'ai cru voir un sourire
Se mêler à l'adieu que tu venais me dire ;
Car pour ton cœur, tranquille en pensant au retour,
Ce n'était point partir que s'éloigner un jour.
Et que m'importe à moi que la nuit te ramène !...
Il fait jour et tu pars ! Du coursier qui t'entraîne
Tu déchires les flancs, en disant : « Au revoir ! »
Mais aujourd'hui me reste avant d'être à ce soir !

À ton dernier regard, pour moi, le temps s'arrête.
Un livre est sous mes yeux, mais mon âme distraite
S'en retourne vers toi ; car nos âmes sont sœurs,
Et j'ai souvent rêvé qu'en des mondes meilleurs,
En des pays lointains, ou dans les cieux peut-être...
Je vivais de ta vie, et nous n'étions qu'un être ;
Mais Dieu brisa notre âme, et de chaque moitié
Il a créé nos cœurs, permettant par pitié
Qu'ils pussent se revoir et s'aimer sur la terre,
Où l'amour leur rendrait leur nature première.

Des pleurs que je répands, tout homme se rirait :
Les chagrins passagers vous cachent leur secret.
Vos cœurs ont des transports et n'ont point de faiblesse ;
Vous pleurez d'un malheur, pleurez-vous de tristesse ?

Vous ne connaissez pas ces noirs pressentiments,
Ces rêves où l'esprit, se forgeant des tourments,
Cherche dans notre amour un sinistre présage,
Comme un soleil trop vif laisse prévoir l'orage !

Reviens d'un seul regard me rendre mon ciel pur,
Reviens, parle, souris, et mon bonheur est sûr.
Aux accents de ta voix s'éloigne la tempête ;
Sur ton sein palpitant, je repose ma tête...
Berce, endors mes terreurs par un doux chant d'amour,
Et laisse-moi sourire et pleurer tour à tour.

Sans crainte, de la mort je serais menacée,
Je mourrais dans tes bras et sur ton cœur pressée !
Mais si tu succombais... alors, sans désespoir,
Comme toi, ce matin, je dirais : « À ce soir !
De quelques courts instants ton âme me devance,
Attends-moi dans les cieux, ce n'est qu'un jour d'absence ! »

FIN